살아 있는 동안
꼭 해야할 101가지

살아 있는 동안
꼭 해야할 101가지

산호와진주

contents

1장. 마음을 주는 방법 마음을 받는 방법

2장. 세상에서 가장 아름다운 끈

contents

3장. 슬픔이 나를 깨운다

4장. 닿을 수 없는 것들의 이름

contents

5장. 감정과 마음을 담은 보석상자

저자의 말

우리의 삶은 하나의 벅찬 변혁과
시련의 계절에서 서성입니다.
살아 있는 동안 가장 완벽한 오산과 되풀이된
상황들이 나를 세차게 휩쓸기도 합니다.
살아 있는 동안 먼저 알았다면
부질없는 후회 같은 것을 부르지 않기 위하여
미로 같은 의식들을 깨우고
다양한 관점들을 느낌의 공동체로 만들어
독자에게 다가갑니다.
인생의 불행을 알기 전에
따뜻한 봄의 만개를 노래하는 방법을 제시합니다.
겨울처럼 차갑고 긴 인생의 밤보다는
따뜻하고 벅찬 찬가를 부르기 위한 인생의
길목으로 나아갑니다.
행복이 '무엇인지' 보다는 '어떻게' 행복을
찾아가는지를 문제의 해결로 말해봅니다.
폭넓은 세상, 당신의 삶을 바꾸어주는
경이로운 세계를 이 땅의 지성과 나누고 싶습니다.

최창일

1장

마음을 주는 방법
마음을 받는 방법

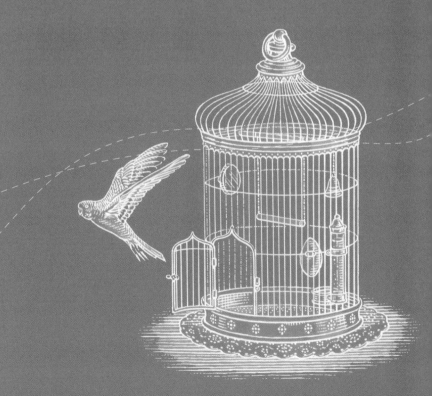

1 바라보기

샘물은 강물과 하나가 되고
강물은 다시 바다와 하나가 됩니다.
이 세상에 혼자인 것은 없습니다.
은행나무는 서로 바라봐야 열매를 맺는다고 합니다.
은행나무는 서로 바라보며 사랑합니다.
삶이 고통스럽다면
누군가를 바라보는 대상이 없기 때문입니다.
희망이 없이 사는 불우한 일을 피하는 방법은
희망의 대상을 바라보는 것입니다.
희망의 대상은 만들어가는 것입니다.

흐르는 물은

다가오는 물이 어느 곳에서 오는지 묻지 않습니다.

바라보는 은행나무는

마음의 응어리를 상대에게 말하지 않습니다.

바라본다는 것은 이해와 포용입니다.

당신의 사랑이 이해와 포용이라면 얼마나 아름답겠습니까.

2 존중, 모든 사람과 친구가 되는 지름길입니다

故김수환 추기경은 마음을 열고

누군가와 대화하고 싶은 날이면 구상 시인을 찾았습니다.

두 사람은 어려운 일이 있거나 기쁜 일이 있을 때

모든 감정을 함께 공유할 수 있는 유일한 친구였다고 합니다.

서로를 위해주고 존중하는 마음은

주위의 부러움을 받을 정도였다고 하지요.

시인과 추기경.

어떤 관점에서는 잘 어울리지 않는 관계일 수도 있습니다.

하지만 서로에 대한 배려와 존중의 마음만 있다면

관계의 벽은 쉽게 허물 수 있습니다.

타인을 존중하는 마음으로 다가간다면

이 세상 모든 사람은

당신의 친구입니다.

친구를 만든다는 것은
친구의 마음을 사는 것입니다.
옛말에 "성공적인 교제를 원한다면
상대를 존중해야 한다."고 했습니다.
타인을 존중하는 마음으로 다가간다면
모두 친구가 될 수 있습니다.

마음을 알아주는 행복

3

다시 만나고 싶은 사람이 있습니다.

편한 사람입니다.

무슨 말을 하여도

"음, 그래, 그게 사실이야." 하고

상대의 마음이

되어주는 사람입니다.

세상에서 마음을 알아주는 것처럼

행복한 일이 어디 있겠습니까.

사랑은 내 마음이 상대의 심장에서 놀고 있을 때

가장 행복해합니다.

그가 잠들고자 할 때 잠들게 하는 것이 사랑입니다.

늘 깨어 있는 것만이 사랑이 아닙니다.

이름을 늙지 않게 하세요

초등학교 선생님을 뵈었습니다.

선생님은 아들의 이름을 짓는데

여러 생각을 하였다고 합니다.

많은 고민 끝에 약속을 잘 지키기로 유명한

제자의 이름을 아들에게 지어주었다고 합니다.

누군가에게 아름다운 사람으로 이름이 기억되는 것은

그 사람의 신용에서 비롯된 것입니다.

요즘 유행어에 성(性)은 늙지 않는다는 말이 있습니다.

비아그라가 있고 성형외과의 젊게 보이는

소생기술이 있어서 나온 말인 것 같습니다.

하지만 평생을 달고 다니는 이름은

비아그라나 성형외과의 도움 없이도

늙지 않게 할 수 있습니다.

평범한 일들에 신용을 잃지 않는 것입니다.

사람들과의 약속을 지켜보세요.

약속을 잘 지키면

당신의 이름은 항상 빛날 것입니다.

5 어머니의 사진을 꺼내보세요

우리나라 사람들은 어머니 은혜라는
노래를 들으면 뭉클함을 느낍니다.
어머니의 극진한 사랑을
노랫말에 진솔하고 애잔하게 표현해
듣는 이로 하여금 가슴을 쓸어내리게 하기 때문입니다.
이 곡을 만든 한국의 슈베르트 이흥렬 선생은
깨끗하고 담백하면서 사랑이 넘치는
가곡을 만드신 분으로 유명합니다.
이흥렬 선생의 술회에 의하면
자신이 음악을 하게 된 이유는
첫째는 고향 원산의 아름다운 자연 풍광을 배경으로
해군 군악대들이 시가행진을 하며 연주했던 멋진 군악 덕분에
자연스럽게 음악에 빠져들었고

둘째는 교회를 오가며 들었던 종소리와

선교사의 오르간 소리가

음악의 씨앗이 되었다고 합니다.

많은 것을 접하고 배우고 싶은 욕심에

동경 유학길에 올랐지만

넉넉지 않은 생활 때문에

졸업 연주에 필요한 피아노를 구입하지 못해 방황합니다.

결국 어머니께 사정을 말씀드려

피아노값 사백 원을 송금받았고

그는 졸업 연주를 성공적으로 마무리하게 됩니다.

그 피아노값은 어머니가 솔방울을 따서 마련한 돈입니다.

당시 쌀 한 가마니가 십 원이었으니
사백 원을 모으기 위해서는
얼마나 많은 솔방울을 따다가 팔아야 했는지
감히 짐작조차 어렵습니다.
그의 대표곡 어머니 은혜는
자식을 위해 손이 갈라지도록 솔방울을 따다가
피아노값을 치른 어머니의 지극한 사랑이
녹아 있는 노래입니다.
들을 때마다 우리 가슴에 진한 감동을 주는 어머니 은혜.
어머니의 사랑을 느끼며 저절로 미소 짓게 됩니다.

우리의 소망과 기쁨은 어머니의 소망과 기쁨과 같습니다.

당신의 등 뒤에는 늘 어머니가 함께하십니다.

어머니의 밝은 웃음은 당신의 피로를 풀어줍니다.

지쳐거든 어머니의 사진을 꺼내 보세요.

행복한 하루가 시작될 것입니다.

세상 가벼운 아픔쯤이야

6

가시나무새는 일생 동안 가장 크고, 가장 길고,
가장 날카로운 가시를 찾아 다닌다고 합니다.
그런 가시를 찾으면
가시에 제 몸을 찔러 죽는다고 합니다.
가시나무새는 평생 한 번도 울지 않다가
그때 꼭 한 번 운다는데
그 순간 가시를 찾기 위해 겪어야만 했던 고통과 슬픔은
아무것도 아니었다는 게 느껴져 우는 게 아닐까요.

세상에 있는 많은 종류의 슬픔 중
죽음의 슬픔이 가장 아픈 것이라고 합니다.
살아가며 죽음의 슬픔을 인식한다면
세상 가벼운 아픔쯤은 슬픔도 아닐 것입니다.

7 목숨을 건 사랑을 하세요

소설가 아풀레이우스는
"달콤한 성교 없이 사느니
차라리 백 번 더 죽는 게 낫겠어요.
당신을 사랑해요. 죽도록 사랑해요.
내가 나 자신의 영혼을 사랑하는 한
당신을 사랑해요."라는 글을 썼습니다.
깊은 사랑을 하는 사람은
죽음도 두렵지 않습니다.
사랑의 달콤함을 알기 때문이죠.
사랑을 깊이 느끼는 사람은
자신의 사랑을 상대방의 온몸 구석구석
모세혈관 곳곳에 보냅니다.
이처럼 깊은 사랑이 상대에게 전달됐을 때
사랑의 달콤함을 느끼게 되는 거지요.

자신의 모든 것을 다 주는
목숨을 건 사랑을 해보세요
사랑의 깊이를 아는 순간
사랑의 달콤함이 무엇인지 알게 될 테니까요.

8 책 읽는 즐거움 누리기

당신은 책 속의 바다에서 놀아본 적이 있습니까.
책은 우리의 가장 절친한 친구이자
공허한 마음을 채워주는 영양제이고
정신적인 안정을 가져다주는 양식입니다.
"책을 많이 읽으세요."라고 강요하지는 않겠습니다.
다만, "책 읽는 즐거움을 누려보세요."라고 권하겠습니다.

책은 우리를 천국의 세계로 인도한다고 합니다.
책 읽기는 당신의 상상력에
풍부한 색채를 더해주고 피로를 감소시키며,
걱정을 잊게 할 것입니다.

9 놓을 줄 아는 사람이 아름답습니다

어느 시인이 삶을 장대높이뛰기에 비유했습니다.

장대 하나를 들고 전속력으로 달려가

적절한 지점에서 그 장대를 박고는

아슬하게 장애물을 넘어갑니다.

쾌락도 좌절도 절망도 슬픔도 분노도 추억도

그리움도 선정도 유혹도 그렇게 넘어가는 것입니다.

그 장애물을 넘어가는 순간

장대높이뛰기 선수는 장대를 놓아야 합니다.

잘 들고 뛰는 솜씨도 중요하지만

장대를 적절히 놓을 줄 아는 것도 중요합니다.

적절한 순간에 욕심을 버리는 사람이

평화로운 인생을 삽니다.

훌륭한 장대높이뛰기 선수가 적절한 지점에서

장대를 내려놓고 가볍게 장애물을 통과하는 것처럼요.

충분히 훌륭한 삶을 살고 좋은 결과를 맛봤지만
더 큰 성과를 바라는 당신의 욕심은
어느 것으로도 채울 수 없습니다.
어느 순간에 자신이 가진 것을
놓을 줄 아는 사람이 진정 아름다운 사람입니다.

10 외롭지 않은 인생은 슬픈 인생입니다

파스칼은 《팡세》에서

고독이란 문제를 거론한 적이 있습니다.

그는 "인간 본질이 혼자서 죽어가지 않으면

안 되는 존재"라고 말했습니다.

우리는 혼자 연애하는 습관이 필요합니다.

인류의 문명을 실어 나른 철길은 두 길이라도

만나지 않고 각자 한길로 달립니다.

기형도 시인은 깊은 밤

홀로 영화를 보다 떠났습니다.

나무의 뿌리는 홀로 기둥과 잎들을 떠받칩니다.

언제 외롭지 않을까요.

외로움을 알기 때문에

진실된 사랑을 느끼게 됩니다.

외로움을 무서워하지 마세요.

인생이 외롭지 않으면 슬픈 인생입니다.
외로워서 사랑하기 때문입니다.
외롭지 않으면 사랑은 멈춰버립니다.

11 오늘의 노력이 없으면
다음은 없습니다

붉은 가슴을 열어 보이는
엄동설한의 혹독한 시련 속에 피어나는
매화를 생각하면
우리의 삶 모두가 천고만난을 이겨낸 뒤
또 다른 꽃을 피우는 풍경과 같다는 생각이 듭니다.
봄은 곧 꽃철을 말합니다.
아니, 장미의 계절을 말합니다.
장미가 형형한 색을 만들기 위해서는
만 가지의 어려움을 이겨냅니다.
우리의 삶이 장미처럼 아름다워지려면
고통을 이겨내야 하나 봅니다.
신은 우리에게 고난을 통하여
일어서는 법을 가르쳐줍니다.

장미가 축대에서 꽃을 피우는 것이

자연스러운 결과는 아닙니다.

타인을 배려하는 맑은 심성과

당신이 추구하는 이상에 도달하는 것은

오랜 시간 노력하고 수고한 소산입니다.

오늘의 노력이 없으면 다음은 없습니다

12 본능을 자랑스럽게
간직하고 살아가세요

연어의 회귀본능●은 인간과 매우 흡사합니다.

뜨거운 햇살이 반복되는 고통의 여정에도

나만의 유전자를 세상에 남기려고

알을 낳을 시기에 태어난 곳으로 다시 돌아옵니다.

인간도 마음이 어렵거나 기쁠 때 고향을 찾아갑니다.

죽어서 고향에 묻히는 것을

유언으로 남기는 사람도 있습니다.

자신이 태어난 고향이 두메산골이나 다도의 섬처럼

멀리 떨어진 곳이라도

해마다 명절이면 찾아 나서는 것은 회귀본능입니다.

자신만이 가지고 있는 본능을 잊지 않기 위한

회귀는 세상에서 가장 아름다운 본능입니다.

● 동물, 어류가 태어난 곳에서 다른 곳으로 이동하여 성장한 뒤,
　산란(産卵)을 위하여 태어난 곳으로 다시 되돌아오는 습성

인간은 모태의 본능을 가지고 있습니다.

고향과 비슷한 향기를 찾는 본능,

세 살 때 먹어본 모유와 비슷한 맛을 찾는 본능.

본능은 인간이 가지는 아름다운 입력입니다.

각자의 본능을 자랑스럽게 간직하고 살아가세요.

쉽게 가질 수 없는 위대한 자산이니까요.

자기 확신 없는 성공은 없습니다

몇 년 전 방영됐던 MBC의 〈이경규가 간다〉라는
예능 프로그램을 기억하시는지요.
MBC 프로듀서인 김영희 피디가
〈이경규가 간다〉가 많은 사람들의 관심을 받을 거라는
확신을 갖고 제작을 준비할 당시
주위에서는 절대적인 반대를 했었다고 합니다.
새벽 촬영 때문에 나오는 새까만 영상도 문제지만
얼마나 국민들의 반향을 일으키겠냐는 의견 때문입니다.
하지만 이 프로그램은 대한민국 최고의 장면을 탄생시켰습니다.
말도 제대로 하기 어려운 중증 장애가 있는 사람이
새벽의 신호등을 지켜 시청자에게 감동을 준 장면이죠.
만약 김 피디의 자기 확신이 없었다면
많은 사람들에게 깨달음과 감동을 준
명장면을 보지 못했을 것입니다.

자기 확신 없는 성공은 없습니다.
자기 확신만이 자신이 원하는 목표에 도달합니다.

14 느리게 걷기

아이디어와 기력이 고갈되어 힘이 드시나요.

그렇다면 떠나십시오.

어렵사리 회사의 허락을 구해서라도

내 인생의 휴식을 가지시기 바랍니다.

이왕이면 멀리 떠나고 여행하며 보고 느낀 것을

메모도 하고 사진도 찍어보면서 온전히 자유로워져보십시오.

할 수만 있다면 외국 여행도 좋습니다.

인생의 거대한 길목에서 무엇을 주저하십니까.

우리나라 사람들에게 '빨리빨리'는 생활의 일부분이었습니다.

하지만 국민소득이 올라가고 생활의 여유가 생기면서

느림의 미학이 이곳저곳에 퍼지기 시작합니다.

느리게 걸으며 세상을 감상할 시간이 필요합니다.

느리게 걷는 것은 바쁜 삶 속에서 우리가 놓쳤던 것들의

소중함을 되찾아줄 것입니다.

느리게 걸으면

이웃이 보이고 세상이 보이고 행복이 보입니다.

느리게 걸으면

삶이 새롭게 다가오면서

입가에 미소가 절로 번지게 될 것입니다.

15 말하려 하지 말고 들어주세요

인생에서 가장 행복한 대화는

자신의 말만 구구절절 늘어놓는 것이 아니라

상대방의 이야기에 경청하며

집중하는 것입니다.

사랑하는 사람을 만나면

자신의 이야기를 하려 하지 말고

상대방의 이야기를 진지하게 들어주세요.

당신의 모습에 상대방은

사랑받고 있다는 것을 느끼게 될 겁니다.

말하는 것보다 듣는 것을 좋아하시기 바랍니다.

온전히 앉아 상대방의 말을 들어준다는 것은

그 사람을 향한 배려와 사랑을

표현하는 것이나 다름없으니까요.

16 현실 그리고 추억과 그리움 느끼기

바람이 불고 생각이 가슴에 닿는 날이면
그리워지는 맛이 있습니다.
나루터 근처에 살고 있는 친척누나가 해준
배추김치.
다른 양념 없이 소금으로만 배추를 절였기 때문에
소금기의 짠맛만 입안에 맴돌았지만
가끔 그 맛이 그리워집니다.
사람에겐 아름다운 일이든
아름답지 못한 일이든
머릿속에 자동적으로 입력되는 본질이 있습니다.
하지만 그때 아름답지 못하다고 생각했던 일들도
돌이켜보면 추억이 되고 그리움이 됩니다.

지금 상황이 아름답지 못하다고
현실을 도피하려 하지 마세요.

언젠가는 한없이

그리워지는 시간이 될 수도 있습니다.

17 흔들리기

흑산도의 홍어가 유명하다는 것은
대한민국 사람이라면 누구나 알고 있을 겁니다.
전국의 수많은 고장의 홍어 중에
어떻게 흑산도의 홍어가 유명해진 것일까요.
흑산도의 거센 파도에 맞서느라 생긴 근육 때문에
명품 홍어가 된 것이라고 합니다.
강은 흔들려야 정화가 된다고 합니다.
흔들리지 않는 강은 썩기 때문이지요.
이처럼 모든 만물도 적당히 흔들려야
건강하나 봅니다.

고통 속에서
흔들리는 것을 두려워하지 마세요.

흔들리는 것은

밝은 내일을 위해 살고 있다는 증거입니다.

18 지금, 사랑을
마음속에서 꺼내보세요

사랑하는 사람의 모습은 늘 아름답습니다.
바람도 사랑하는 사람의 머리칼을
들꽃처럼 아름답게 합니다.
사랑은 파동입니다.
사랑의 신은 언제나
굶주린 상태로 산다고 합니다.
사랑에 허기가 없다면 사랑이 아닙니다.
발끝에서 정수리에 이르기까지
아름답다면 그것은 사랑입니다.
자기 몸 안에 먼저 와 있는 자가 있다면
사랑의 주인입니다.
자, 마음속에 들어 있군요.
꺼내보세요.
그것이 사랑입니다.

사랑은 봄비처럼 조용히 다가오는 것입니다.

사랑하는 사람의 음성은

당신만이 알아 들을 수 있을 정도로 조용합니다.

지금 누군가가 떠오르고

누군가의 음성이 들린다면

그게 바로 사랑입니다.

이제 사랑을 꺼내보세요.

그리고 다가가세요.

음악 즐기기

음악을 듣는 것은 마음속에
감성의 꽃을 심는 것과 같습니다.
음악은 보이지 않는 큰 힘을 가지고 있습니다.
무엇보다 지치고 피곤했던 당신의 마음을
편안하게 진정시켜줍니다.
미국 듀크 메디컬 센터의 실험에 따르면
좋아하는 음악을 들으며 수술을 받은 환자의 생존율이
그렇지 않은 환자보다 더 높다고 합니다.
음악은
매우 불안하고 고통스러운 마음을 덜어주는
위대한 힘을 가지고 있습니다.

조용히 눈을 감고 음악을 들어보세요.

그리고 그 멜로디를 온몸을 다해 느껴보세요.

하루의 고단함이 사르르 녹아내릴 겁니다.

20. 거듭나기

사람의 세포가 날마다 조금씩 죽어가듯

우리는 날마다 죽어가는 연습을 해야

삶의 소중한 가치를 알고

현명하게 살아갈 수 있습니다.

삶의 마무리가 시작되는 순간이 자신의 인생에서

참된 삶이 시작되는 순간이자 가장 맑고 순한

진정한 행복의 시작이라고 할 수 있겠죠.

물이 고이면 썩게 되는 것과 같이

사람의 지식도 재충전이 없으면 퇴화하기 마련입니다.

기계가 오랫동안 매끄럽게 작동하기 위해

간간이 기름칠을 해주는 것처럼

현재의 상황이 아무리 힘들어도

끊임없이 노력하고 단련해야 합니다.

행복한 미래로 거듭나기 위한 과정이기 때문입니다.

힘들어도 일흔 번이라도 거듭날 수 있다면 행복한 것입니다.
카네기나 처칠 같은 위인들도
수많은 실수와 거듭남을 통해 세상에 흔적을 남겼습니다.
오늘 당신이 거듭난다면 당신은 진정 행복한 사람입니다.

2장

세상에서
가장 아름다운 끈

21 가슴의 끝에서
생각해보세요

세상을 살면서 어떤 고통은

우주 저편으로 떠나 보내고 싶기도 하고

어떤 고통은 그냥 묵혀두기도 합니다.

하지만 누군가에게

자신의 고통을 털어놓고 위로받는다면

고통의 무게는 가벼워지겠죠.

절실함과 진실됨은

가슴 끝에서 우러나옵니다.

누군가 자신의 고통에 대해 이야기한다면

상대방의 이야기를

가슴 끝에서 들으려고 노력하고 위로해주세요.

고통의 짐을 내려놓은 듯한

상대방의 얼굴을 볼 수 있을 겁니다.

가슴의 끝.

생물학적으로 이런 말은 없습니다.

하지만 고단한 삶이 가슴의 끝이 아닐까요.

가슴의 끝에 서보지 않은 사람은 절실함과 진실됨이 없어

대화의 감정이 없고 타인의 이해도 부족합니다.

누군가와의 이야기를

오랜 시간 가슴속에서 깊이 생각해보세요.

타인을 이해할 수 있게 될 테니까요.

22 소리 없이 다가오는 사랑

마음은 그저 가는 게 아닙니다.
구절초 소리 없이 피어나듯
마음으로 가는 것이
순정한 마음입니다.
향기는 아무도 모르게 먼저 갑니다.
우리는 심장으로 부르는 노래를
열창이라고 합니다.
내 심장이 먼저 상대를 사랑할 때
뜨거운 사랑이 됩니다.
키스할 때 설탕 같은 달콤함이 있다는 것을
먼저 알고 하지 않습니다.
나도 모르는 사랑의 기운이
달콤함을 만들 뿐입니다.

사랑은 늘 소리 없이 다가옵니다.

소리 없이 다가오기에

더 달콤하게 느껴집니다.

찔리고, 베이고, 아플지라도 피하고 싶지 않다면

당신도 모르는 사이에 사랑이 찾아온 것입니다.

23 단 하루라도 세상의 화려한 불꽃이 되세요

유랑한 소리를 내지 않아도
군중의 파르르한 함성을 담아
풍장으로 허공에 맴돌다
조용히 내려앉은 벚꽃 지는 밤,
신도 침묵으로 그를 지켜본다지요.
사랑의 감정도 저절로 우러나는 것이 아니라
창조하는 것이라 합니다.
벚꽃의 경우도 크게 다를 바가 없습니다.
새로운 가치를 위한 행위는
무조건 길어야 나오는 것이 아닙니다.
벚꽃이 잎새보다 먼저 바람에 사라진다는 것은
꽃보다 잎으로 남기 위한 결단일 것입니다.

벚꽃은 며칠을 위해 수많은 시간 앞에서
엄숙하게 몸단장을 합니다.

단 하루라도 세상에 화려한 불꽃이 되고
위로의 시간이 된다면 얼마나 거룩한 모습입니까.

24 누군가의 울타리가 되어주세요

삼각산의 푸른 자락을 밟으니

날아다니는 새들과 초록빛 바람이 느껴집니다.

공룡 같은 모습의 서울 삼각산은

청천벽력 같은 사건에도 말없이 침묵합니다.

매일같이 수많은 쓰레기와 공해를 품어내도

허브 역할을 하는 삼각산은 시민의 산소가 될 뿐입니다.

주말이면 수십만의 사람이 올라

가슴을 치고 요동을 쳐도 말이 없습니다.

과거 세종의 어진 모습이나

궁정동의 총탄을 지켜보면서도

말 한마디 하지 않았습니다.

다만 서울의 얼굴이 환해지고

시민의 삶이 풍요로워지길 기도하는

울타리 역할을 할 뿐입니다.

누군가의 울타리가 되어준다는 것은
결코 쉬운 일은 아닙니다.

하지만 어둠을 뚫고 대지를 달리는 열차처럼
누군가의 발이 되고 힘이 된다면
당신은 백합같이 향기로운 사람입니다.

25 보이지 않는 끈을 놓지 말기

영국의 역사소설《아이반호》의 월터 스코트는
"피는 물보다 진하다."라는 명언을 남겼습니다.
아마 이 명언을 우리나라 사람들처럼
자주 사용하는 민족도 드물 것입니다.
남북 이산가족들은 물보다 진한 혈육의 정을 달래며
통일의 그날을 고대합니다.
이유야 무엇이든 그리운 고국을 떠나
타국에서 삶의 뿌리를 내린 사람들의
슬픔과 한은 짐작하기 어렵습니다.
특히 우리민족은 나라와 가족에 대해
긴 끈을 가진 국민입니다.
보이진 않지만 결코 약하지 않은 끈을
놓지 말아야 할 것입니다.

세상은 끈에서 시작되고 끈으로 이어집니다.

사람이 어머니의 태줄이라는 끈으로

태어나는 모습을 봐도 그렇습니다.

우리가 끈을 놓아버림은

인간임을 거부하는 것입니다.

우리는 모든 만물과

보이는 끈과

보이지 않는 끈에 의하여 살아갑니다.

26 쉬지 않고
누군가에게 사랑을 주세요

쉬지 않고 사랑을 주는 방법은 간단합니다.
그 사람을 항상 생각하고
그 사람의 이야기에 귀 기울이고
그 사람과 함께 차를 마시고, 식사를 하고,
함께 여행을 가는 것이 사랑을 주는 방법입니다.
이 세상에서 가장 불행한 것은
마음이 죽은 것이라고 합니다.
이 세상에서 가장 기쁜 것은
쉬지 않고 누군가에게
사랑을 주는 것이라고 합니다.

쉬지 않고 누군가에게 사랑을 주세요.
모두의 삶이 기쁨으로 충만해질 것입니다.

27 비 오는 날,
회상의 시간을 가져보세요

비 오는 날은 풀잎들이 서럽게 수런거립니다.

노을 진 하늘보다 더 서럽게 수런거립니다.

비 오는 날은 사랑하는 여인과의

커피 한잔을 생각하게 합니다.

창문에 부딪히며 아무렇게나 흘러내리는 비가

세상살이의 질서처럼 느껴진다면

너무 과장된 시선일까요.

비 내리는 들길은 시끄럽습니다.

수많은 나무와 풀들이 웅성거리기 때문입니다.

다분히 은유적 표현입니다만 사실일 수도 있습니다.

빗소리가 세상이 숨 쉬는 소리처럼 들리네요.

마음속의 상처를 쓰다듬고

세상을 고요히 바라보는 시간을 갖게 해주는

회상의 시간, 비 오는 날에 느낄 수 있을 것입니다.

비 오는 날은
커피 생각도 나고 잊혔던 수많은 생각들이 떠오릅니다.

비 오는 날
여유롭게 회상의 시간을 가져보세요.

28 마음을 흔드는 그림 가지기

화가 박수근의 그림에는
우리 국민이 살아온 이야기가 담겨 있습니다.
그의 그림을 보고 있으면
잊혀가는 우리 고향의 숨결이 느껴지고
물 흐르는 냇가에서
어머니가 방망이를 두들기는 소리가 들리는 듯합니다.
나는 그의 그림을 보며
어머니를 떠올리기도 하고, 고향을 떠올리며
마음의 편안함을 느낍니다.
아름다운 그림은 지친 영혼을 위로합니다.
그림 속에는 잊혔던 시간들이 달려 다니고
사랑하는 사람과의 아련한 추억이 숨 쉬고 있습니다.

마음을 흔드는 그림을 하나쯤 만들어보세요.

당신은 외롭지 않게 될 것입니다.

29 스스로의 격려

정말 열심히 노력하고 기대했던 일이
실패로 돌아왔을 때의 허무함은
이루 말할 수 없습니다.
이 시기에
가장 따뜻한 위로를 줄 수 있는 사람은 누구일까요.
바로 당신 자신입니다.
스스로 "괜찮다."고 다독여주세요.
반대로 자신의 노력으로
좋은 결과를 얻었을 때는
"잘했다."고 칭찬해주세요.
작은 일이라도
자신을 격려할 줄 아는 사람은
내면의 행복을 아는 사람입니다.

주위에 자신을 격려해줄 사람이 없다고
슬퍼할 필요는 없습니다.
스스로 격려하면 됩니다.

자신(自身)을 격려하면 자신(自信)이 생깁니다.

시작을 중요하게 생각하세요

학생은 초등학교 4학년과 중학교 3학년이
가장 중요한 시기라고 합니다.
이 시기에 충실하게 공부하지 않으면
앞으로 해야 할 공부가 힘들어진다는 말이 있지요.
"시작이 반"이라는 말이 있습니다.
시작을 잘하면
마무리도 잘할 수 있는 확률이 크다는 말입니다.
사소한 것이라도 좋습니다.
시작을 할 때
만반의 준비와 계획을 짜세요.
시작이 좋은 사람이 마지막에 웃게 되니까요.

무슨 일이든 시작이 가장 중요합니다.

시작을 아름답게 만들면

일생이 풍요로워지기 때문입니다.

31 모든 사람과 화합하는 삶

타인의 도움 없이 성공을 이루는 일은
목적지를 향해 갈 때
지름길이 있다는 것을 알지 못하고
빙빙 돌아가는
험난한 여정과 같습니다.
남의 호의 없이 이루는 일이
아주 멀고 험한 길임을 알고 있다면
당신은 모든 사람과 화합하는 삶의 중요성을
이미 알고 있는 것입니다.

모든 사람과
화합하는 삶을 추구해보세요.
당신의 성공은
쉽고 빨라집니다.

32 감동적인 사랑

"사랑이 어떻게 변하니?"라는
유명한 대사를 남긴 영화가 생각납니다.
이 영화의 대사처럼 사랑은 변하고 멀어져가며
한때 연인이었던 남녀는
허무한 사랑의 끝에서 실망하게 되지요.
그러나 변하지 않는 사랑의 방법이 있습니다.
감동적인 사랑을 하는 것입니다.
신은 사람을 서로 이해할 수 있고
사랑할 수 있는 인격체로 만들었습니다.
사랑의 행위는 무한한 능력을 가지고 있기 때문에
어떠한 사랑을 만드느냐에 따라 달라집니다.
항상 상대방을 소중하게 섬기고
사랑하는 마음을 가지고 대하는
감동적인 사랑은 쉽게 변하지 않을 겁니다.

변하지 않는 감동적인 사랑을 만드는
명확한 방법이 있습니다.
상대방을 섬기는 마음을 갖는 것입니다.

33 멀리 있는 친구 사귀기

당신이 살고 있는 곳과

멀리 떨어져 살고 있는 친구를

한 명쯤 사귀어보세요.

언어와 문화가 다른 해외 친구도 괜찮고

대한민국의 남서쪽에 있는 제주도 친구도 좋습니다.

꼭 함께 많은 시간을 보내고

많은 이야기를 나눠야만

친구가 되는 것은 아닙니다.

멀리 떨어져 있어도

당신에게 도움을 주고

고민과 걱정을 들어줄 수 있는 것만으로도

우리는 '친구'라는 표현을 쓸 수 있습니다.

떨리 있는 친구의 이야기는
생각지 못했던 새로운 경험이 되고
반복된 삶이 지루했던 당신에게
새로운 삶에 대한 상상의 나래를 펼쳐줍니다.

34 허무가 클수록
다가오는 희망도 큽니다

소풍 가는 날 아침

금방이라도 비가 올 듯 하늘에 먹구름이 차면

콩닥콩닥 설레던 마음이

한순간에 허무함으로 바뀝니다.

하지만 언제 그랬느냐는 듯

다시 햇빛이 나는 경우가 있습니다.

매일같이 보는 햇빛이지만

그날만큼은 더 맑고 희망차 보이지요.

'허무'라는 단어는

'희망'이라는

아름다운 단어로 바뀌기도 합니다.

삶에 허무가 없으면
소소하게 느꼈던 것들의
소중함을 깨닫지 못합니다.
허무가 클수록
다가오는 희망도 크니까요.

35 상대방의 마음을 따뜻하게 만질 줄 아는 사람이 되세요

마음을 만지는 사람은

마음을 움직이는 힘을 가졌습니다.

마음을 만질 수 있는 사람은

줄 수 있는 사랑이 늘 준비된 사람입니다.

상대방의 마음을 따뜻하게 만질 준비가 돼 있나요.

그렇다면 당신은 성공할 자격이 충분히 있는 겁니다.

성공한 사람들의 비결은 무엇일까요?

유행에 편승한 사람도 아닙니다.

시대에 순응한 사람도 아닙니다.

지식이 넘치는 사람도 아닙니다.

상대방의 마음을 따뜻하게 만질 줄 아는 사람입니다.

36 늘 빛이 나도록
정성 들여 사랑하세요

사랑은 값비싼 보석보다 빛나고

형형색색으로 포장한 꽃다발보다 화려합니다.

매일같이 달콤한 칭찬들로

상대방을 빛나게 해주고

그 누구도 대신할 수 없는

정성을 담은 선물들로

마음을 화려하게 채워주니까요.

그릇이 너무 빛나고 화려하면
그릇에 담긴 음식이 맛 없어 보인다는 말이 있습니다.
하지만 사랑은 반대입니다.
늘 빛이 나도록 닦으며 정성을 쏟아야
더욱더 빛나고 화려해집니다.

37 편지를 써보세요

편지를 쓴다는 것은
마음과 함께
시간을 쓰는 일입니다.
편지를 씁니다.
마음속 살아 있는 이름에게
솔직한 마음을 전해봅니다.
편지를 쓰는 시간은
솔직함과 진실함을 담은
마음의 보석상자를
열어보는 시간입니다.

시간을 쪼개 사랑하는 사람에게

편지를 써보세요.

내 안의 깊은 곳에 내재돼 있던

솔직함과 진실함을

느낄 수 있을 테니까요.

38 보이지 않는 곳에
관심을 가져보세요

한 사람을 빛나게 하기 위해 수많은 사람이 노력합니다.
하지만 우리는 뒤에서 수고하고 노력하는 사람을
기억하는 데 소홀합니다.
세상일이란 표면만 알려지는 경우가 많습니다.
TV를 볼 때도 그렇습니다.
우리는 표면적으로 보이는 연기자에만 주목합니다.
하지만 연기자를 빛나게 해주기 위해
수많은 스탭들이 수고합니다.
우리는 흔히 뒤에서 수고하는 사람에 대해 무관심합니다.
나를 위해 수고해주는 사람이 없다면
나의 삶과 모습은 상상할 수 없을 정도로
망가지고 혼란스러워질 것입니다.
항상 내 뒤에서 헌신하는 주변 사람을 기억하며
감사하는 마음을 가져야 합니다.

보이지 않는 곳에 관심을 가져보세요.

그들의 수고를 느끼고 깨닫게 된다면

익숙해진 삶의 편리함이

소중함으로 바뀌게 될 테니까요.

39 마음을 다해 사랑하세요

쉽게 사랑하고 헤어지는 데 익숙해져 있는 우리들.

이별은 상처가 아니라 자유라는 요즘 시대의 젊은이들.

하지만 진실된 사랑은 마음으로 하는 것입니다.

마음은 어디에서도 팔지 않고 제공되지 않습니다.

"성을 공략하는 것은 하수,

마음을 공략하는 것은 고수"라는 말이 있습니다.

그만큼 마음을 사로잡는 것이 어렵다는 말입니다.

하지만 내가 먼저 마음을 다해 사랑하는 모습을 보여준다면

상대방의 마음도 쉽게 사로잡을 수 있습니다.

사랑하는 사람이 있습니까.
지금 이 순간부터
마음과 정성을 다해 사랑하세요.
상대방의 마음이 열리는 것을 느낄 수 있을 테니까요.

40 누군가를 기다려보세요

침묵의 강물도

어디선가 만난다는 약속으로 흐릅니다.

인연이란 참으로 높은 은행나무 같은 것.

평생 누추했던 내 안에서

누군가가 커가는 기쁨으로 살아가는 것이

보람인지도 모릅니다.

사랑은 이야기보다

침묵과 기다림이라고도 합니다.

그대를 기다려주는 사람이 정류장에 있다면

당신은 행복하고 아름다운 사람입니다.

누군가를 기다린다는 것은 행복입니다.
기다림 끝에 누군가의 전화를 받을 수 있고
누군가와 식사를 함께한다는 것은 큰 기쁨입니다

3장

슬픔이 나를 깨운다

41 온몸을 다해 사랑하세요

하늘에서 떨어지는 비는
거친 대지를 적셔
메마른 꽃들에 생명을 불어넣습니다.
양로원 할머니의 여윈 손목을 잡으면
마음으로 전하는 뜨거운 눈물은
평생 잊지 못할 깊은 감동이 됩니다.
누군가에게 진실로 다가가
그와 함께 젖어봤다면
그것은 사랑입니다.
어머니의 사랑이
우리 마음에 영원히
기억되어 있는 것처럼요.

진실된 사랑을 하고 싶다면
온몸을 다해 다가가세요.
사랑은 온몸으로 다가갈 때 완성되고
나와 상대방의 가슴속에 영원히 기억될 테니까요.

42 스스로 명예 가지기

내가 대학교에서 교수로 재직했을 당시
가고파, 목련화, 봄이 오면 등
주옥 같은 가곡을 작곡하신 김동진 선생님께
교가 작곡을 의뢰한 적이 있습니다.
선생님과 내자동에 위치한 제과점에서 만나기로 하고
선생님의 외모를 머릿속에 그려보았습니다.
그 시기에는 지금처럼 작곡가들의
노출이 많은 시절이 아니었기 때문에
선생님의 모습을 전혀 알 수 없었습니다.

하루하루 선생님의 모습을 상상하며

약속된 날짜를 기다렸습니다.

혹독하게 추운 겨울날이었지만

대 작곡가를 만난다는 생각에

들뜬 마음으로 약속 장소에 도착했습니다.

아침이라 그런지 제과점에는

유일하게 노인 한 분만 앉아 있었습니다.

어깨 끝이 닳아 터진 가죽 잠바를 보고

깔끔하고 단정한 이미지로 상상했던

선생님의 모습과 너무 달라

별 관심을 두지 않았습니다.

하지만 어느 순간 직감적으로

'선생님이 아닐까.' 하는 생각이 들었습니다.

제과점에는 우리 두 사람밖에 없었고

더군다나 일요일 아침에

약속을 잡는 사람은 거의 없을 거라는 추측에서였습니다.

그분께 다가가 "김 선생님이시죠?"라고 여쭤봤습니다.

고개를 끄덕이며 자리에서 일어나 반갑게 맞아주십니다.

작사된 가사에 대한 설명과

작곡에 도움이 될 만한 정보들을 이야기해드리고

한 달 후 같은 장소에서 뵙기로 했습니다.

다시 만난 날 제과점에서 우유 한 컵을 드신 후

이 근처에 집이 있으니

피아노로 작곡한 곡을 들려주겠다고 하셨습니다.

내자동 골목길에 위치한 아담한 한옥에 들어섰습니다.

가족들은 외출을 했는지 집은 텅 비어 있었고
선생님은 피아노 앞에 앉으셨습니다.
눈을 지그시 감고 건반을 두드리십니다.
한참 연주하신 후 어떠냐고 물으십니다.
대 작곡가의 소탈한 물음에 당황하기도 했지만
마치 정상에서 깃발을 흔드는 듯한 만족스러운 느낌을
그대로 말씀드렸습니다.
선생님께서 손수 그린 악보에 사인을 하시며
"최 선생, 베토벤의 악보 사인이
얼마나 귀한 대접을 받는지 아시오.
이 사인된 악보를 소중히 간직하세요."

한국을 대표하는

위대한 음악가의 사인이 담긴 악보를

감격스럽게 바라보며

"선생님, 고료는 얼마로 하여야죠." 하고 여쭤봤습니다.

한참 동안 아무 말씀도 않고 계시다가

"최 선생의 생각은 어떻소."라며 되물으십니다.

나는 작곡료의 사례를 모르기 때문에

선생님의 경험이 필요하다고 했습니다.

한참을 생각하시더니

"당신 대학 총장의 한 달 봉급이 얼마요.

예술가의 고료는 권위와 존경심이 포함되니

당신 총장의 한 달 봉급으로 책정하시오."라고

단호하게 말씀하십니다.

시를 쓰는 사람의 입장에서
선생님의 고료 책정은
참으로 당당한 가르침이라는 판단이 들었습니다.
향년 95세,
천국의 부르심을 받아 세상을 떠나셨다는 소식을 접하며
추운 겨울날 제과점에서의 추억과 선생님의 가르침을
다시 한 번 떠올립니다.

명예는 돈으로 살 수 없습니다.

명예는 하루아침에 오는 것이 아니고

명예의 크기는 사회의 인정을 뜻하는

측정할 수 없는 거룩함입니다.

아무리 좋은 옷을 입고 권력을 가졌다고 해서

명예가 있다고 할 순 없습니다.

명예는 인간 스스로가 맺은 열매이기 때문입니다.

43 내 자신을 발견하는 여행

표면적으로 여행은 공간의 이동을 말합니다.

하지만 면밀히 살펴보면

여행은 시간과 공간을 뛰어넘는

수단이라고 할 수 있습니다.

소설가, 시인의 작품을 보며

우리가 가졌던 조그만 생각을 뛰어넘어

더 큰 생각을 가지기도 합니다.

책은 생각으로의 여행이라고 할 수 있습니다.

나직한 강가에 풀벌레가 울고

귀뚜라미가 한밤의 고요를 깨우는 시간이면

누구나 감상에 젖게 됩니다.

이 순간 불현듯 잊고 있었던 자신의 모습이 떠오른다면

그것은 바로 내 자신을 발견하는

생각의 여행이 될 것입니다.

삶에 변화를 주고 싶다면 여행을 떠나세요.

새로운 것들과의 만남과 경험은

당신의 심장을 흔들어줄 것입니다.

혹시 여건이 되지 않는다면

주변에 있는 높은 산에 올라보세요.

조금이나마 우리의 삶을 일깨워주는

계기가 될 것입니다.

44 당신의 사랑이
답이 될 수도 있습니다

사랑한다는 것은

실상 잊는다는 뜻인지도 모릅니다.

오스트리아 정신분석의 창시자 프로이트는

"이 세계의 모든 사랑이 저주받고 믿을 수 없는 것일지라도

남녀 간의 사랑만은 영원히 남는 것"이라는 말을 했습니다.

세상을 살아가는 진리를 한 가지 꼽으라면

망설이지 않고 "사랑"이라고 대답하겠습니다.

사랑하기 위해 태어났지만

사랑하지 못하고 간다면 얼마나 슬픈 일입니까.

하지만 사랑은 능력이 있다고 할 수 있는 것도 아니고

열심히 노력한다고 해서 이루어지는 것도 아닙니다.

사랑하는 사람과의 사랑이 영원할 것임을 믿고

그 속에 자신을 안주시키는 사람이

진짜 사랑이 아닐까요.

지금 마음속에 누군가를 담고 있고

그로 인해 가슴이 뛴다면

그것이 바로 사랑입니다.

사랑하는 방법은 특별하지 않습니다.

지금 당신이 하고 있는 사랑도 답이 될 수 있습니다.

45 만져지지 않지만 만지는 것을 느끼는 것

닿을 수 없는 것들, 품을 수 없는 것들을

그리움이라고 한다지요.

그리고 만져지지 않는 것들, 불러지지 않는 것들은

외로움이라 한다고 합니다.

문인들과 스위스의 융프라우에 갔습니다.

가이드의 말에 의하면

이곳이 하늘과 가장 가까운 곳이랍니다.

신이 세상에 올 때 이곳을 드나들고 있나 봅니다.

나이가 칠순이 넘은 어느 시인은

'혹시라도 어머니가 이곳으로 산책을 오지 않을까.'

하는 마음이라며 시를 만들어봅니다.

만질 수 없지만 어머니가 주셨던 사랑을 느끼는 것은

참으로 큰 행복입니다.

하지만 그리움은 정말 속수무책인가 봅니다.

만져지지 않으나 만지는 것을 느끼는 것이 사랑입니다.

어머니의 차가운 죽음의 순도 자식이 잡으면

온기를 가져다가 따뜻하게 만져준다고 합니다.

그것은 과학이 설명하지 못합니다.

사랑하는 자만이 알 수 있는 온기입니다.

고통은 언제나 지나갑니다

46

아무도 없는 곳에서
홀로 울고 싶은 시간이 있습니다.
하지만 낭패가 크고 깊을지라도
훌훌 털고 새로운 길을 찾는 것이
남는 장사라고 합니다.
고통 때문에 삶을 포기하려 한다면
마음을 진정하고 이렇게 속으로 되뇌어보세요.
"고통은 언젠가는 지나간다.
삶이 항상 고통스러운 사람은 없다."

누구나 고통을 느낍니다.

하지만 신은 고통을
항상 그 자리에 머무는 것이 아니라
언제나 지나가게 창조하셨다고 합니다.

지금의 고통도 언젠가는 지나갑니다.

그러니 너무 좌절하지 마세요.

47 가끔은 나 자신의 정원을 살펴보세요

사실 노출의 이야기는 서울 한복판에 서 있는

원시인을 이야기하는 것일지도 모릅니다.

요즘 하의실종이라는 신조어가 나왔습니다.

하반신 노출이 심하다 보니

마치 하의를 입지 않은 것처럼 보인다고 해서 생긴

하의와 실종의 합성어입니다.

당신은 나 자신을 어떻게 가꾸고 있나요.

숨겨도 될 것들까지 모두 노출하며

가볍게 살고 있었던 건 아닐까요.

내가 희망하는 삶을 위해

내 안의 것들을 잘 가꾸고 만들어가고 있나요.

가만히 앉아 내 안의 정원을 살펴보세요.

앞으로 나를 어떻게 만들고 가꾸어야 할지

깨닫게 될 것입니다.

가끔은 나 자신의 정원을 살펴보시기 바랍니다.

"나 자신을 얼마나 잘 만들고 가꾸어온 정원사인가?"

이런 물음으로 말입니다.

나를 차곡차곡 만들고 가꾸어간다면

살아가는 참 행복을 알게 될 것입니다.

48 사랑하는 사람에게
등급을 매기지 마세요

미국의 소설가 존 스타인벡의 일화입니다.

어느 기자가 넌지시 질문합니다.

"귀하는 미국에서 몇 번 째쯤의 작가라고 생각하십니까?

한 다섯 번째나 되십니까?"

그러자 존 스타인벡이 대답합니다.

"당신들 나라에선 작가에게도 번호를 먹입니까?"

그의 얼굴에는 어이없고 불쾌한 표정이 가득합니다.

우리는 배우자나 자식을 타인과 비교하며

등수를 매기고 있지는 않은지요.

마치 존 스타인벡에게 던진 기자의 질문처럼 말입니다.

등수가 오를수록 좋은 것은 분명합니다.

그러나 나에게 가장 소중한 존재는

늘 일등으로 보여야 합니다.

그래야 항상 존경하고 사랑하며 살 수 있습니다.

혹시 사랑하는 사람을
등급의 대상으로 생각하고 있지는 않은지요.
사랑하는 사람은 등급의 대상이 아닙니다.
그 사람의 모든 것을 포용하고 감싸주어야 하는
사랑의 대상입니다.

49 모든 만물과
효율적 관계를 맺으세요

홀로 지내는 것을 좋아하는 사람은
스스로 겁이 많은 사람이라고
생각하는 경우가 있습니다.
그러나 원래 겁이 많은 것이 아니라
미리 겁을 내는 경우가 많습니다.
하지만 조금만 생각을 바꾸면
변할 수 있습니다.
우리는 관계 없이 살 수 없습니다.
마음을 열고 모든 만물과 소통한다면
당신의 행복은 더욱더 풍요로워질 것입니다.

세상에 홀로라는 이치는 없습니다.

관계라는 중요한 요소가 있기 때문에

세상의 흐름이 형성됩니다.

세상 모든 만물과 효율적 관계를 가진 자만이

성공에 이르고 행복한 삶이 됩니다.

50 과학이 설명하지 못하는 위대한 사랑

우리나라 어머니는 자신의 이름 대신

어머니라는 호칭 앞에 자식 이름을 앞세워

'○○어머니'라고 불리는 경우가 많습니다.

어느 나라에서도 찾을 수 없는

자식 사랑의 독특한 표현이죠.

외국에 나가 있는 목사님의 사모님이 병마에 시름합니다.

병원을 찾아 진료를 하여도

뚜렷한 병명을 알 수 없었습니다.

부담스러운 의료비와 부모님에 대한 그리움 때문에

외국 생활 칠 년여 만에 고국으로 돌아옵니다.

비행기에서 내려 조국의 땅을 밟자 절반이 나았고

어머니의 손을 잡고 쓰다듬자

언제 병이 있었느냐는 듯 쾌유함을 느꼈다고 합니다.

어머니의 사랑, 그 위대함이 병마를 물리치기도 합니다.

과학이 설명할 수 없고

현대의학이 치료할 수 없는 마음의 병은

어머니의 사랑으로 치료할 수 있습니다.

눈빛만으로 느껴지는 한없는 사랑과

정성 가득 담긴 따스한 손길은

고단하고 지쳤던 마음을

한순간에 따뜻하게 만들어줍니다.

어머니의 사랑,

과학이 설명하지 못하는 위대한 사랑입니다.

창조의 싹

51

"세계는 충분한 원인, 곧 창조자를 가지지 않으면 안 된다."
— 볼프

인간은 태어날 때부터 창조라는
씨앗을 가지고 태어났습니다.
하지만 창조라는 씨앗의 싹을 틔우기는 쉽지 않죠.
선뜻 자신의 이야기를 할 수도 없고
이야기를 하더라도 타인의 비판이 무서워
반짝반짝 빛나는 아이디어를
감춰버리는 사람들이 대부분입니다.
아이디어는 경쟁력이라는 말이 있습니다.
자신의 유익한 생각을 표출하세요.

혼자 하는 상상만으로도
세상을 바꿀 수 있습니다.

 **52** 나만의 추억을 만드세요

초등학교 시절, 수업을 마치고 집에 돌아오는 길에
이제 갓 나온 보리의 머리 대를 하나 뽑아다가
할머니 무릎 위에 올려드리곤 하였습니다.
머리 대를 손에 쥐고 활짝 웃으시며
내 머리를 쓰다듬어주셨던 그때의 기억은
나에게 평생 잊지 못할 소중한 추억입니다.
절대로 버리지 말아야 할 것은 나만의 추억입니다.
추억은 가슴속에 영원히 간직됩니다.

눈 감는 순간에도 미소가 지어지는 추억이 있나요.
있다면 당신은 행복한 삶을 살았다고 말할 자격이 있습니다.

53 건강 챙기기

"재물을 잃는 것은 조금 잃는 것이고
명예를 잃는 것은 반을 잃는 것이고
건강을 잃는 것은 전부를 잃는 것이다."라는 말이 있습니다.
내 몸은 내가 제일 잘 알고 있습니다.
몸이 약해짐을 느낀 후
건강을 챙기기 시작한다면
이미 늦었다고 말해주고 싶습니다.

틈이 날 때마다
나의 정신적, 육체적 건강을 확인하세요.
건강을 위해 조금만 투자한다면
몇 십 년 후 당신은
세상의 부러움을 한 몸에 받는 사람이 돼 있을 것입니다.

54 "아름다워요."라는 말을 해주세요

살면서 우리가 다른 사람에게
꼭 해줘야 할 말은
"아름다워요."라는 말입니다.
누군가에게 이 말을 해주면
한순간에 사랑스러운 미소를 띄며
행복해하는 타인의 얼굴을 볼 수 있을 테니까요.
지금 당신 옆에 있는 누군가가
삶의 고통과 상처 속에서 힘들어하고 있다면
"당신은 너무 아름다워요."라고 말해주세요.
그 모습을 보며 덩달아 미소 짓게 되는
당신도 아름다워질 겁니다.

"아름다워요."라는 소소한 한마디는

고통의 시간을 행복한 순간으로

바꾸는 위대한 힘을 가지고 있습니다.

55 상처를 두려워하지 마세요

한국갤럽의 조사 결과
한국인의 육십일 퍼센트가
인생의 허무를 느낀다고 합니다.
열 명 중 여섯 명 이상은
삶에서 받은 상처로 아파하며 살아간다는 것입니다.
하지만 상처를 잘 치료한다면
또 다른 기회를 얻게 될 것입니다.
과거의 실수를 되풀이하지 않는
지혜가 생기기 때문입니다.

어느 누가 상처받기를 원하겠습니까.

하지만 상처는 모든 사람에게 찾아옵니다.

단지 상처가 온다면 효율적 치유가 선행입니다.

사람에겐 지혜가 있기에 상처를 도려낼 수 있습니다.

치유 속에서 다른 기회를 얻게 된다는 것입니다.

56 웃음 짓기

웃음 속에는 그 사람의 일생과 행복이 들어 있습니다.

혹시 머릿속에 주변 사람의 웃음소리가 입력되어 있나요?

아침 햇살같이 따뜻하고 향기로운 웃음소리가

많이 입력되어 있다면

당신은 큰 행복을 가진 사람입니다.

내가 다니는 교회의 목사님은

말하기 전에 먼저 웃음소리를 들려줍니다.

장미같이 아름다운 웃음소리,

그가 웃으면 새들도 따라 웃고

그가 웃으면 별들도 따라 웃는 것 같습니다.

옹달샘처럼 청아한 웃음소리는

사람들에게 생수를 나누어줌과 같습니다.

웃음의 힘은 창조의 힘으로 되살아납니다.

갈등과 대립을 융합으로 변화시키기도 하지요.

"칭찬은 고래도 춤추며 웃게 한다."는 말이 있습니다.

요즘은 웃기 위해

웃음치료사나 웃음교실을 찾는 사람들이 많다고 합니다.

웃으면 수만 개의 근육이 움직이기 때문에

노젓기나 조깅과 같은 운동 효과를 가져온다는 말이 있지요.

웃음에서 병의 고통을 덜어주는 엔돌핀이 나오기 때문에

만병을 치유하기도 한답니다.

57 사랑하는 사람과 오랫동안 함께하세요

⟨생을 마감하는 어느 여인의 이야기⟩

혼자서 살 수 있다는 확신이 없습니다.
가슴속에 아픔과 아쉬움이 가득하더라도
사랑하는 사람 때문에 생을 내려놓고 싶지 않습니다.
서른일곱의 짧은 나이에 나더러
삶의 끝에 오는 뒷길을 걸으라니
신의 매정함이 원망스럽습니다.
사랑하는 사람과
나란히 걸을 수 있다는 것은 삶의 축제입니다.
내 즐거움은 상대방의 기쁨이 되고
지극히 사랑했다는 이유 하나만으로
두 사람은 충분히
성공한 삶을 살았다고 할 수 있습니다.

삶의 기쁨이자 행복인
사랑하는 사람을 남기고 세상을 떠나서는 안 됩니다.
사랑하는 사람을 남기고 먼저 간다는 것은
지상에서 가장 아픈 일이니까요.

이별 없는 사랑을 하세요

58

슬픈 그대여

이제 우리

다시는 이별이 없는 사랑을 하는 거야.

서로를 위해 어깨를 비워두는 일.

언제나

기댈 수 있는 한쪽 어깨를 비워둘 거야.

아픈 이별을 알기에.

이별 없는 우리를 위하여.

세상에서 가장 아픈 것은 이별이라고 합니다.

누군가와 사랑을 하고 있다면

이별 없는 사랑을 하도록 노력해보세요.

이별 없는 사랑은

세상의 가장 큰 아픔을 비켜가는 지름길이니까요.

59 혼자만의 취미 만들기

취미(趣味)

- 전문적으로 하는 것이 아니라 즐기기 위해 하는 일
- 아름다운 대상을 감상하고 이해하는 힘
- 감흥을 느껴 마음이 당기는 멋

취미는 즐기기 위해 하는 일입니다.

과도한 취미생활은

또 다른 스트레스를 불러일으킬 수 있습니다.

적당히 즐거움을 느낄 정도만 하는 것이 가장 좋겠지요.

혼자만의 취미를 가지고 있는 사람이

즐거움을 자주 느낀다고 합니다.

취미에 집중하는 시간 동안

모든 걱정거리로부터

자유롭게 벗어나기 때문입니다.

60 희망의 시선을 가지세요

소녀 작가 안네를 모르는 사람은 거의 없을 겁니다.

그녀가 유명한 이유는

자신이 처한 어려운 환경을

희망의 시선으로 바라보는

불굴의 정신을 가졌기 때문일 것입니다.

혹시 당신도 당신이 처한 모든 환경을

희망의 시선으로 바라보고 있나요.

오늘부터 희망의 시선으로 세상을 바라보세요.

긍정적인 생각과

활기찬 삶을 만들어줄 것입니다.

희망의 시선은 삶을 즐겁게 만들고
항상 웃게 합니다.
희망의 시선을 가지세요.
당신의 삶이 훨씬 더 활기차질 테니까요.

4장

닿을 수
없는 것들의 이름

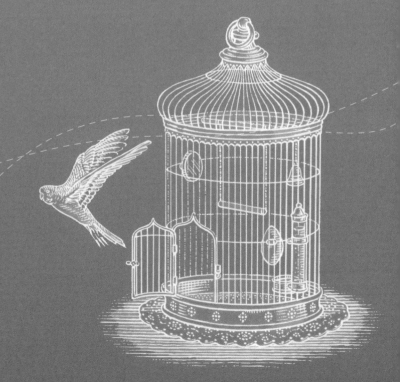

61 뒤로 만질 줄 아는 사람이 되세요

시각장애인 김경식 씨는 사진작가입니다.

김 작가에게 희망을 물었습니다.

"바다와 아내의 얼굴을 꼭 찍고 싶습니다."

희망을 듣는 순간

나는 그 앞에서 소리 내어 울어버렸습니다.

두 눈을 부릅뜨고 꼿꼿이 한길을 가도

손에 남는 게 별로 없는 세상살이인데

뚜렷한 인생의 좌표를 가지고

세상을 살아가는 김 작가의 이야기에

절로 고개가 숙여집니다.

우리는 보이는 것만 이야기할 때가 많습니다.

사실 보이는 것 뒤에는

보이지 않는 애환이 담겨 있습니다.

뒤로 만질 줄 아는 사람이

상대방의 쓰디쓴 눈물이 되어주고

가슴속 행복을 피워주는 꽃이 됩니다.

62 가슴 따뜻한 시를 나눠주세요

여러 장르의 예술가 중에서도
시인이 눈물을 흘리는 속도가
가장 빠릅니다.
생명이 있는 곳에
시인이 있고 눈물이 있습니다.
시인은 고독하고
외로움을 많이 느낍니다.
시인의 삶과 감성이 어우러진 시는
많은 사람들을 웃게도 하고 울게도 합니다.
힘들고 외로운 삶 때문에 힘들어하는 이웃이 있다면
자신의 가슴을 울린 따뜻한 시를 읊어주세요.
마음을 따뜻하게 만드는 시는
삶에 희망과 용기를 가져다주니까요.

감명 깊게 읽은 시가 있다면
이웃에게 나눠줍시다.

절망하고 소외된 이웃의 눈물을
함께 나누어 흘리게 될 것입니다.

시를 외우고 누군가에게 읊어주는
소중한 시간을 안다면
우리는 가슴 따뜻한 사람이 됩니다.

당신도 얼마든지
위로해줄 수 있습니다

"맹인이 맹인을 안내한다면 두 사람 다 길을 잃는다."는
성경 말씀이 있습니다.
시각장애인인 지압원의 엄 원장이
밭두렁처럼 편한 코스라며 추천해준 삼각산을 오릅니다.
이십여 명의 동료 등산자들은
삼각산의 능선인 탕춘대를 오르며
엄 원장의 추천 코스에 만족해합니다.

밝은 자의 눈으로 바라보는 탕춘대는

하얀 구름이 놀라 조각난 듯한 모습처럼

하얀 눈이 듬성듬성 쌓여 있습니다.

'엄 원장은 산행을 하면서 무엇을 보았을까.

바람을 길잡이 삼아 손끝으로 세상을 보았을까.'

산에 올라 바람을 느끼고 향기를 마시니

삶의 압박에 넘어져

힘들었던 시간들이 땀으로 흘러내리는 듯합니다.

엄 원장이 삼각산을 추천해준 이유를 알겠습니다.

눈으로는 볼 수 없지만 마음으로 느낄 수 있는

자연의 위로 때문일 것입니다.

관대한 마음과 착한 심성을 가진 자연은

찾아오는 이에게 바람과 향기로

삶의 고단함을 위로합니다.

위로에 특별한 자격이 있는 것은 아닙니다.

누군가의 마음을 위로해주고자 하는 의지가 있다면

당신은 누군가를 위로해줄 자격이 있는 것입니다.

때로는 건강하지 못한 사람에게
도전과 위로를 받기도 합니다.

누가 누구에게 위로해주는 것이 중요한 것은 아닙니다.

위로해줄 수 있는 삶으로 살아가는 것이 중요합니다.

만약 당신이 누군가를 위로해줄 수 있는

삶을 살기 위해 노력하고 있다면

당신은 충분히 누군가를 위로해줄 자격이 있습니다.

64 자신을 알고
파도에 맞서세요

세상은 다양한 생각 속에서

끊임없이 변화하고 거듭해갑니다.

바다에 파도가 없었다면

아마 큰 배를 만들지 않았을 테지요.

깊은 바다가 아니라면

잠수함도 만들지 않았을 것입니다.

거센 파도를 극복하기 위해

다양한 시도와 노력을 합니다.

그러면 어느 순간 자연스럽게

파도를 이기고 웃고 있는

모습만 남을 테니까요.

유명한 사람들은 자기 앞에 나타난 파도를

새로운 도전의 기회로 삼았습니다.

파도에 맞서는 방법은 자신을 아는 것입니다.

우선 내가 가지고 있는

장점과 단점이 무엇인지 생각해보세요.

그리고 단점을 굴복시키는 것에 집중하며

일을 해보세요.

그러면 장점이 자연스럽게 부각될 테니까요.

65 소리와 대가 없이
다가오는 고귀한 사랑

시골 마을에 오백 년이 넘은 팽나무가 있습니다.

나는 팽나무에게 질문을 합니다.

"넌, 오백 년 동안 그렇게 서 있구나.

눈과 비 그리고 온갖 바람의 풍상을 맞으면서 말이다.

한 번이라도 걷고 싶지 않았느냐.

높은 산에라도 올라 다른 나무처럼

바람에 소리라도 치고 싶지 않았느냐."

묵묵히 한자리에서 매서운 겨울바람과

뜨거운 햇빛을 막아주는 팽나무는

오백 년이 넘는 세월 동안

불평 없이 그렇게 그 자리에서

마을을 지켜주고 있습니다.

마을에 대한 팽나무의 사랑이

진정 고귀한 사랑이 아닐까요.

고귀한 사랑은
봄날의 햇살처럼 따뜻하게 다가갑니다.

고귀한 사랑은
당신에게 흔적 없는 사랑의 음파를 보냅니다.

혹시 고귀한 사랑을 기다리고 있나요.

고귀한 사랑은
말과 행동으로 다가가지 않습니다.

대가와 소리 없이 천천히 다가갈 뿐입니다.

긍정의 사고

모 그룹의 간부에게 물었습니다.

"직원을 뽑을 때 가장 비중 있게 보는 부분은 무엇입니까?"

"얼만큼 긍정의 사고를 가졌느냐를 봅니다."

각박하고 복잡한 이 시대에서

긍정의 사고를 소유하는 것은 쉽지 않습니다.

하지만 우습게도 세상은 긍정의 사고를 가진 사람을 원합니다.

우리는 혼자서 살 수 없습니다.

타인과의 관계 속에서 살아갑니다.

누구나 타인과의 원만한 관계를 꿈꿉니다.

하지만 쉽지 않죠.

타인의 차가운 시선과 잘못된 행동을 비꼬지 않고

"다 이유가 있겠지."라는

긍정의 사고를 가져보는 것은 어떨까요.

당신의 머릿속이 편안해질 것입니다.

미국의 소설가 마크 트웨인이 말했습니다.

"긍정의 한마디는 두 달을 활력 있게 살 수 있다."

누군가에게 긍정의 한마디를 하는 사람은

긍정의 사고를 가진 사람입니다.

긍정의 사고는

나를 편안하게 할 뿐만 아니라

다른 사람을 행복하게 할 수도 있습니다.

67 일기 쓰기

자신이 가장 좋아하는 색깔의 노트를 준비하고
하루를 보내며 감사했던 일
짜증났던 일
행복했던 일을 적어봅시다.
그리고 자신이 현재 어떤 사람인지
미래에는 어떤 사람이 될 것인지를 생각하며
일기를 마무리 하세요.
일기를 쓰며
살아 있음의 감사함을 느끼는 사람은
어제보다 나은 오늘,
오늘보다 나은 내일을 만들 수 있는 사람입니다.

시간은 기억을 함께 데리고 갑니다.

잊혀진 소중한 기억들을 붙잡고 싶다면

하루하루 최선을 다해 일기를 써보세요.

기억을 기록하는 것은

자신도 모르는 사이에 잊힌 추억들을

마음대로 꺼내볼 수 있는 가장 쉬운 방법입니다.

68 오랫동안 기억되는
소중한 사람이 되세요

새해 아침이면 해마다 수첩을 새로 만들며

한동안 연락이 되지 않거나

이미 고인이 된 사람의 이름을 지우게 됩니다.

나는 지워야 할 이름을 오 년째 지우지 않고 있습니다.

고교 동창생 준호,

대기업에서 이사까지 지냈으나

사업 실패로 가정까지 파괴되는 아픔을 맛본 친구입니다.

하지만 시간이 흘러 후배의 도움으로

조그마한 사업으로 재기했다고 합니다.

그러나 지나온 마음고생이 그리도 컸었나 봅니다.

깊은 병마와 함께 시한부 생이 시작됩니다.

준호는 전 부인이 양육하는 두 자녀에게

이 사실을 알려야 할지, 말아야 할지를

매일매일 고민했습니다.

나는 연락하는 것이 당연하다며

가족과 마주할 것을 권고했습니다.

드디어 고교생 딸과 중학생 아들

그리고 시한부 아버지가

극적인 상봉으로 하룻밤을 한 방에서 새우게 됩니다.

그런데 중학생 아들이 새벽녘에 갑자기 일어나더니

아버지의 얼굴을 한동안 바라보다가

살그머니 쓰다듬더라는 것입니다.

준호는 아들의 부드럽고 따스한 손길을 느끼며
벅찬 행복에 말없이 울었다고 합니다.
친구는 포천의 어느 수녀원에서 운영하는
요양센터에서 운명하였습니다.
내가 마련해준 성경책을 옆에 두고 가버린 친구.
오늘 아침 서강대 장영희 교수가 마지막으로 남기고 간
《살아온 기적 살아갈 기적》의 유고집 기사를 보면서
수첩에 지우지 못한 준호를 그립니다.
창밖엔 라일락 향기와 함께 비가 내립니다.

사람들은 첫사랑을 잊지 못한다고 합니다.

모르긴 해도 가장 소중히 여겼던

사랑의 기억 때문일 것입니다.

이처럼 누군가의 마음속에 오래도록 기억된 사람은

타인의 인생에 한 페이지를 장식할 소중한 사람입니다.

69 누군가와 함께 동행하세요

세상에서 가장 아름다운 단어는
'동행'이라는 단어가 아닐까요.
동행은 먼 길의 여정에 가벼운 길이 됩니다.
힘든 마라톤도 여러 명이 함께하지 않으면
기록 경신을 할 수 없습니다.
당신의 동행은 누구입니까.

동행은 신의 선물입니다.

동행하는 이가 누구냐에 따라

삶이 바뀌는 경이를 경험할 것입니다.

70 기쁨의 역사를 만드는 주인공이 되세요

호주에서 유학 중인 딸아이의 전화입니다.

말이 없습니다.

"민우구나?"

울고 있습니다.

목소리 사이로 흐르는 눈물이 전화선을 타고

가슴으로 떨어집니다.

"속이 너무 상해요."

노란색 종이비행기 * 뉴스가

애도의 물결 되어

먼 나라까지 날아간 모양입니다.

"아빠는 오래 사셔야 해요."

● 노무현 대통령을 상징하는 노란색

아주 특별한 역사는 두 가지가 있습니다.

기쁜 역사와 비극의 역사입니다.

우리는 기쁨의 역사를 만드는

주인공이 되어야 합니다.

역사는 만들어지는 것이니까요.

71 오늘의 상처는
내일의 긍정의 시간이 됩니다

한 번도 긁혀보지 못한 소나무는
흐르는 송진을 보지 못합니다.
삶은 커다란 신비여서
결코 이해할 수 없는 부분이 있습니다.
스위스에 사는 마하리시 마헤시 요기는
전 세계에 명상캠프를 열고 무려 십만 명의 교사와
이백만 명이 넘는 명상자를 거느립니다.
그들은 그곳에서 상처의 미학을 경험합니다.
육체의 구속엔 신경을 곤두세워도
마음의 감옥에 갇힌 건 아랑곳하지 않는 사람이
많은 세상이 되어갑니다.
욕심에 눈이 멀어 패가망신하는 이들에게
한 번쯤 긁혀보는 소나무가 되어
송진을 흘러 내보내라고 권하고 싶습니다.

진주가 상처 난 전복에서 나온다는 것은
모두가 아는 사실입니다.
상처가 없는 사람은 미완의 사람입니다.
누구나 상처에 의해 완성의 길로 다다릅니다.
오늘의 상처는 내일의 긍정의 시간이 될 것입니다.

72 누구나 가지고 있는 무형의 힘을 꺼내보세요

가시는군요.

늘 반짝이는 큰 별로서

마을을 오백 년이나 지킨 팽나무처럼

항상 그 자리에 서 계실 줄 알았는데.

혜화동 로터리, 명동신사, 한국의 골키퍼이신

故김수환 추기경님.

추기경님이 가시면

누가 골키퍼를 하라는 말씀이십니까.

사랑의 마우스로 사람의 마음을 클릭하여

꽃이 성급하게 피지 않고 나무가 느리게 커가는

깨달음을 받으며 내 속에 잠재된 무형의 힘을 확인했는데

아! 아! 누구더러 한국의 골키퍼를 하란 말입니까.

보이지 않는 무형의 거대한 힘은 어디서 올까요.

누구나 무형이라는 거대한 내공을

잠재적으로 가지고 있습니다.

무형의 힘을 얻기 위해

노력하고 고민하지 않아도 됩니다.

오늘의 내 삶에 만족한다면,

당신은 이미 무한한 무형의 힘을 가지고 있는 것입니다.

73 행복은 당신,
뇌의 유전자가 만듭니다

우리 생에 행복은 수시로 오고 있습니다.

자신의 삶을

어떤 마음가짐으로 받아들이느냐에 따라

그 삶이 행복으로 다가올 수도 있고

불행으로 다가올 수도 있습니다.

삶의 목표가 성공이 아니라

행복을 위한 것이라면

행복은 우리에게 계속될 것입니다.

예뻐지고 싶은 욕구가 미인을 만들 듯이
마음가짐에 따라 유전자도 변합니다.
인간의 장기 중에서 뇌가 가장 강하다고 하지요.
인간은 뇌를 조절할 수 있는 힘을 가졌습니다.
행복도 당신 스스로가 만들 수 있습니다.

74 친구의 소중함 알기

친구가 없으면 삶의 꽃이 없어 일찍 나이가 든다고 합니다.

선인들도 언제나 갈 수 있고 부를 수 있는 친구가

다섯은 있어야 한다고 했습니다.

사람들은 하나같이 등산이나 골프 여행을 갈 수 있는

친구가 있어야 한다고 말합니다.

내 자신이 건강할 때 나를 부르는 친구에게

달려가고 함께 어울려야 합니다.

잘나갈 때 친구를 등한시하다가

외로울 때 찾아 나서면 이미 늦습니다.

선술집에서 나이 지긋한 어르신들이

우정의 시간을 나누는 것을 보면

그렇게 아름다울 수가 없습니다.

친구는 마음에 피어 있는 꽃입니다.

생각의 길동무입니다.

하나의 진실을 발견하는 것은

한 사람의 친구가 옆에 있는 것입니다.

다가오는 미래가 당신에게 보인다면

당신에게 진실을 들려주는 친구가 있다는 것입니다.

마음에 들어 있는 심중을 털어낼 수 있는 것은

무서운 병마를 치유하는 것입니다.

우리에겐 그 병마를 치유해주는 친구가 있어야 합니다.

75 내 손에 쥐어진 물건을
보석처럼 사용하세요

세기를 거듭할수록 전화는 빠르게 성장합니다.

과거에는 임금만이 가졌던 전화기가 휴대폰으로 진화하고

지금은 초등학생까지 들고 다니는 시대니까요.

하지만 장소와 시간을 불문하고 휴대폰을 만지거나,

휴대폰이 없으면 불안해지는 금단현상까지 생기면서

점차 사회문제로 떠오르고 있습니다.

때론 편리성이 짐이 되기도 하는 거겠죠.

편안한 삶을 위해 만들어진 실용품이

사람을 얽매는 데 사용되고 있다고 생각하니

씁쓸해집니다.

편안하고 아름다운 삶에 도움을 주는 실용품이

때로는 걸림돌이 되는 경우가 있습니다.

아무리 값비싸고 아름다운 명품이라도

적절하게 사용하지 않으면

그것은 한낱 무기가 되지요.

하지만 무기도 선한 사람의 손에선

보석처럼 빛날 수 있습니다.

당신의 손에 쥐어진 물건은 어떻게 사용되고 있나요.

76 골목길을 찾아 나서 보세요

골목길은 동네의 사진관과 같습니다.

뒷짐 지고 오시는 할머니의 모습, 동네 아주머니의 기침 소리,

아버지의 한숨 소리, 꼬마들의 해맑은 미소가

아기자기하게 찍혀 있기 때문입니다.

탄생의 기쁨, 청춘의 황홀한 스킨십,

가족의 따뜻한 사랑이야기, 죽음의 슬픔.

골목길에는 동네 사람들의 한평생이 담겨 있습니다.

혹시 서울의 마지막 골목이라 불리는

종로의 피맛골을 아시는지요.

세계의 모든 사람들은 피맛골에서

한국의 정취를 느낀다고 합니다.

옛 조상들의 발자취가 담긴 피맛골.

피맛골을 지키자는 목소리가

마음속에 깊은 울림으로 다가옵니다.

골목길.

역사와 문명의 탄생지라고 해도 무리가 아닙니다.

옛 추억과 비밀이 담긴 골목길을 찾아 나서보세요.

알지 못했던 옛 소식을 들을 수 있고

위대한 문화의 결을 느낄 수 있을 테니까요.

77 남다른 생각을 가지세요

얼음 속에서 흐르는 물을 봅니다.
어찌나 단단한 얼음 속에서 흐르는지
보는 것만으로도 마음이 시려옵니다.
하지만 어떤 사람은
그 물의 느낌이 고요하다고 합니다.
보통, 사람들은 남들과 다른 생각을 갖는 것에
불안해합니다.
불안해할 필요는 전혀 없습니다.
물리학자 아인슈타인도
남다른 생각으로 세상이 알지 못했던
많은 이론과 업적을 알렸으니까요.
당신의 남다른 생각이
더 나은 세상을 만드는 데
도움을 줄 수도 있습니다.

사람들은 어떤 일을 할 때
남이 보지 않는 눈을 가지려 애를 씁니다.

좀 더 효율적이고

바람직한 방향을 찾기 위한 방법에서입니다.
생각도 마찬가지입니다.

같은 생각을 갖는 것이 사랑에서는 효율적일지 몰라도
세상을 바꾸는 일은 남다른 생각을 가져야 합니다.

78 행복을 다른 사람과 함께 나누세요

무리 지은 꽃들을 바라봅니다.

너무나 아름답습니다.

혼자서 피는 꽃은 없습니다.

있다고 하여도 외롭거나 초라해 보일 것입니다.

운동도 마찬가지입니다.

혼자서 하는 운동보다는

여럿이 하는 운동에

관객의 호응이 큰 법입니다.

당신이 진정으로 아름다워 보이고 싶다면
무리 지은 이웃 속에서 행복을 나눠보세요.
이웃 없이 독불장군으로 살아가는 사람은
스스로 만든 외로움 속에서 불행해 할 테니까요.

79 가끔 침묵으로 눈을 감고 손을 가만히 잡아보세요

1920년대의 문예를 대표하는 폐허파의

동인 공초(空超) 오상순은

그의 시 〈아시아의 마지막 밤 풍경〉에서 이렇게 읊었습니다.

'밤에 취하고/ 밤을 사랑하고/ 밤을 즐기고/

……밤에 나서/밤에 살고/

밤 속에 죽는 것이 아시아의 운명인가'

그가 이렇게 밤을 예찬한 건

'밤은 침묵으로 들어가는 문'이라는

생각에서였을지도 모릅니다.

침묵은 결코 외로움이 아닙니다.

침묵은 살아가며 놓쳐버린 깨달음과

듣지 못했던 말들을 떠오르게 하는 소중한 시간입니다.

침묵으로 들어가는 시간.

우리의 삶은 맑아질 것입니다.

때론 침묵이 무서운 웅변이 됩니다.

수많은 말을 하기보다

침묵 속에서 눈을 감고

가만히 자신의 두 손을 잡아보세요.

수많은 말들이 손에 쥐어질 것입니다.

80 나로 인해
누군가가 행복하다면

나로 인해 사랑하는 사람이
행복해하는 모습을 보면
무엇인들 못 하겠습니까.
사랑하는 사람의 행복은
곧 나의 행복이니까요.
서로 많이 많이 사랑해주세요.
그러면 모두가 행복해집니다.

누군가가 나로 인해 행복하다면
세상살이가 더욱더 즐거워질 것입니다.
누군가가 나로 인해 행복해하는 모습을 보면
나는 더 행복할 겁니다.

5장

감정과 마음을 담은
보석상자

81 항상 꿈꾸며 살아가기

세상의 변화는 거스를 수 없는 것인가 봅니다.
한 송이 국화꽃을 보기 위해
서리 내리는 가을을 기다리지 않아도 되고
겨울에는 수박과 딸기 구경을 할 수도 있지요.
과거에 상상만 했었던 꿈 같은 일이었지만
누군가의 노력으로 인해
행복한 삶을 영위하고 있습니다.
많은 꿈을 꿀수록
꿈을 이룰 확률은 높아집니다.
지금 당신의 꿈은 몇 가지인가요.

우리가 살아가는 세상은 늘 변화를 요구합니다.

어제 없는 오늘은 없듯이
어제의 작은 꿈들이 스티브 잡스 같은
위대한 발명가를 탄생시키지도 하지요.

당신이 가지고 있는 꿈들이 많을수록
반짝이는 내일이 시작될 것입니다

아름다운 언어를 사용하세요

사람에게는 자신에게 맞는 언어가 있습니다.

거친 언어들은 그냥 아무렇지 않게 나오는 것이 아니라

삶의 상처에서 커지거나 생성되기도 하는 것입니다.

상처가 크면 삶이 지혜로워지기도 하지만

거친 삶이 된다는 사실도

우리는 간과해서는 안됩니다.

적당히 상처를 받고 살아가는 게 가장 중요하겠죠.

상처를 많이 받으면 내면의 언어가 거칠어진다고 합니다.

"좋은 일이 아니면 피해갔으며

나쁜 말을 들으면 귀를 씻었다."는

옛 선비들의 이야기가 있습니다.

곧 언어는 그 사람이 살아온 옷이나 다름없겠죠.

겉으로 입는 옷만이 멋져 보이는 것이 아닙니다.

당신의 언어와 언행이

실크보다 부드럽고 아름다운 옷이 될 수 있습니다.

83 사랑하는 사람과 가슴으로 이야기해보세요

눈물이 흐르는 슬픔은 아픔도 아닙니다.

그리움만이 사랑은 아닙니다.

무릎을 꿇었다고 항복한 것이 아닙니다.

물결이 보이는 강물은 흐름이 아닙니다.

마음을 열어봅니다.

큰 슬픔에 눈물이 나는지

사랑에 그리움이 있는지

진정한 사랑은 보이지 않습니다.

사랑을 기다린다면

그것은 사랑이 아니었을지도 모르겠네요.

진정한 사랑과 진정한 반성은

형상이 없습니다.

사랑하는 사람과 이야기할 때 느껴지는

가슴속의 짜릿짜릿한 그 무엇이니까요.

진정한 사랑은
고독함에 힘들어하는 상대방을
자신의 말로 위로해주는 것이 아니라
그의 가슴 안에서 이야기해주는 것입니다.
마음을 가슴으로 전하는 사랑이 진정한 사랑이니까요.

84 생각을 진화시키세요

"생각도 진화하는가?"라는
라디오 진행자의 말을 듣고 볼륨을 올립니다.
"자신은 완벽하지 않기 위하여 노력한답니다.
완벽은 사람에게 스트레스를 주고
더 잘해야 한다는 강박관념이 따르기에
조금은 실수하는 부진함을 선택한답니다."
대부분의 사람들은 완벽함을 위해
학교를 다니고 다방면의 교육을 받고 있는데
저런 논리를 가진 사람이 있다는 것에
다소 의아하기도 하였습니다.
사회가 빠르게 변화하는 만큼
사람들의 생각도 빠르게 진화하고 있습니다.
빠르게 변화하는 미래의 사회에 적응하기 위해서는
생각의 진화가 필요합니다.

생각의 진화가 필요할까요?

우리는 부정을 긍정으로 이끄는 상식과

고정되어 있는 것들을 파괴하는 발상이

대접받는 사회에서 살고 있습니다.

새로운 것에 대한 도전처럼

앞으로 다가올 새로운 변화를 받아들이기 위해서는

생각의 진화가 필요합니다.

85 마음을 읽는 눈을 가지세요

눈은 무엇인가를 보이게도 하지만

감추고 싶은 것을 들키게도 합니다.

눈은 우리를 환상에 젖게 하는 앵글 역할도 하지만

가슴 서늘한 장면을 목격하게도 합니다.

한 달에 두 번씩 만나는

지압원을 운영하는 엄 원장은 세상을 보지 못합니다.

그러나 그는 거울을 보고 면도를 합니다.

노을이 어둠을 부르면 전깃불을 켭니다.

어느 날은 불을 켜라기에 웃으면서

"원장과 관계없는 일이 아니냐."며 농담을 하였습니다.

엄 원장은 말합니다.

"보지는 못해도 불을 켜지 않으면 답답하답니다."

매주 목요일에 등산을 간다기에

"등산하면서 무얼 봅니까."라고 물었습니다.

그저 웃기만 합니다.

"세상을 만집니까."라고 물었더니

"세상은 눈으로 보는 것만이 아닙니다.

마음으로 보기도 합니다.

마음으로 보지 못하면

언젠가 후회하는 시간이 오고 맙니다."라고 대답합니다.

지도자는 상대의 마음을 읽지 못하면

실패한 지도자로 퇴락합니다.

사랑도 마음으로 다가가는 재치가 필요합니다.

"육체적 스킨십이 있었으니

우리의 사랑은 진행형이야."라는 생각은 버리세요.

육체의 스킨십보다는

상대방의 생각을 진심으로 읽을 수 있는

마음의 눈이 열려야 하니까요.

사람의 겉모습을 볼 수 있는 눈을 가지는 것도 중요하지만
마음의 눈을 가지지 못하면 둔처가 됩니다.

86 사랑하는 사람의 가슴에 기쁨이 되어 보세요

장인이 사위에게 구두를 선물합니다.

가운데 글자를 보니 프랑스를 대표하는 명품 구두입니다.

사위는 놀라서 장인의 얼굴을 봅니다.

겸연쩍은 웃음을 지으며

"이 구두는 자네가 아주 오래전

외국 출장을 다녀오며 사다 준 명품 구두일세.

너무 귀해서 신지 못하고 들여다보기만 했다네.

이제 나는 이런 명품 구두를 신을 나이가 지났네.

난 요즘 편한 운동화가 좋다네."

선물한 사위마저 까맣게 잊어버리고 있던 구두.

활기 넘쳤던 장인이 노인이 되어 돌려주는 명품구두.

누군가에게 줬던 기쁨을

되돌려 받을 때에

그 기쁨의 가치는 수백 배 커집니다.

사랑은 한 가지 이상입니다.

무한히 많은 것이 사랑입니다.

사랑의 종류에 따라 느끼는 기쁨도 다릅니다.

사랑하는 사람의 가슴에 기쁨이 되어보세요.

내가 알지 못했던 기쁨을 되돌려 받을 수 있을 테니까요.

87 늘 새로운 출발을 준비하세요

상실감에 오랫동안 슬퍼하는 사람은 바보입니다.
다가오는 시작의 기쁨과 행복을 스스로
차단하는 것이니까요.
혹시 당신도 바보처럼 살아가고 있나요.

누군가 가을은 붉은 이별이라고 했습니다.
그러나 이별은 새로운 출발의 시작이기도 합니다.
이별 때문에 너무 오랫동안 슬퍼하지 마세요.
훌훌 털어버리고 다시 찾아올 사랑을 준비하세요.

88 내 안의 권태라는 불미스러운
세포를 말끔히 도려내세요

숲은 새들의 집입니다.

숲을 차고 나온 새들은

숲의 소중함을 잠시 망각했나 봅니다.

사람도 그렇습니다.

소중한 사람의 사랑을 모르고

권태라는 유혹에 낮달처럼 창백한 시간을 보냅니다.

가장 재미없는 단어, 듣기 싫은 단어는

'권태'라는 단어가 아닌가 싶습니다.

권태는 타락이고 부족한 지혜의 산물입니다.

권태는 생각에 허무를 묻어냅니다.

권태는 순간의 마약과 같이 위험한 것입니다.

권태가 반드시 견뎌내야 하는 것임을 이해하게 된다면

아무리 엄청난 권태가 와도 묵묵히 참아내게 될 것입니다.

내 안에
권태라는 불미스러운 세포가 도사린다면
말끔히 도려내십시오.
암보다 무서운 놈입니다.

기쁨의 소유

미국의 MIT(매사추세스공과대학교)는

원숭이 실험을 통해

"실패보다는 성공을 통해 더 많은 것을 배운다."는

연구 결과를 발표했습니다.

실패한 행동은 뇌세포에 거의 변화를 주지 못하고

성공한 행동만이 뇌세포에 변화를 일으킨다는 사실입니다.

우리가 아름다운 일들과 아름다운 사물을 접할 때

받아들이는 감정과 느낌이 더 풍요롭다는 것을 생각하면

이 같은 연구는 대단한 연구가 아니란 점을 알 수 있습니다.

성공은 사람을 기쁘게 만듭니다.

그렇다면 기쁨은 어떻게 얻는 걸까요.

방법은 간단합니다.

결과가 나쁘더라도 일의 과정을 통해 얻은

깨달음에 감사하는 마음을 가지는 것입니다.

기쁨을 가지고 살아가는 사람에게
늙음은 늦게 찾아옵니다.
당신의 기쁨을 가슴 깊이 품고 살아간다면
당신은 반드시 성공합니다.
기쁨을 소유하는 방법은 어렵지 않습니다.
모든 일에 감사하는 마음을 가지면
기쁨은 저절로 찾아오게 됩니다.

90 스스로 가슴이
따뜻한 사람을 만드세요

누군가에게 진실되게 다가가는 것은

자신이 가진 사랑의

기운과 온기를 나눠주는 것과 다름없습니다.

따뜻함의 기준은 사람마다 다르지만

상대방의 말을 귀담아듣고

그 사람의 삶이 행복해지기를 바란다면

당신은 따뜻함을 가지고 있는 것입니다.

가슴 따뜻한 사람이 되고 싶다면
누군가에게 진실한 마음으로 다가가세요.
지식은 교육을 통해 받을 수 있지만
따뜻함은 자신이 스스로 만드는
마음의 재료입니다.

슬픔을 두려워하지 마세요

삶에서 슬픔이 필요하지 않은데
신은 왜 슬픔을 창조하셨을까요.
인간이 인간답게 살아갈 수 있는
필수 항목이기 때문이 아닐까요.
슬픔은 모든 사람에게 항상 찾아옵니다.
하지만 슬픔의 고통을 이기고 나면
새로움으로 충만해진 나로 변화할 수 있습니다.

슬픔으로 얻은 깨달음은
충만한 일생을 살 수 있는
안내자의 역할을 합니다

92 주변에서 흐르는 희망의 소리를 들어보세요

전화가 왔습니다.

사랑하는 사람이 전하는 희망의 목소리입니다.

희망의 소리를 듣고 있으니

오늘 하루 느꼈던 세상살이의 허무함이

눈 녹듯 사라집니다.

힘들고 지칠 때 듣고 싶은 목소리가 있습니다.

애인, 어머니, 친구

망설이지 말고 그들에게 전화해보세요.

목소리를 들을 수 있다는 것만으로도

행복해질 테니까요.

희망의 소리는 듣고자 하는 사람에게만 들립니다.

사랑하는 사람의 숨소리, 노랫소리, 말소리를

희망의 소리라고 합니다.

힘들고 지칠 때면 희망의 소리를 찾아 들어보세요.

모든 걱정과 근심이 사라지고

마음이 따뜻해지는 기운이 느껴질 테니까요.

93 타인의 삶을 난도질하지 마세요

살다 보면

나에 대한 부정적인 이야기를 들을 때가 있습니다.

이런저런 욕망, 집착, 증오, 미움.

하지만 이 모두가 내가 쳐놓은

일종의 거미줄은 아니었을까요.

잘 알지 못하는 타인의 삶을

온갖 증오와 미움들로

거미줄 쳐놓고 살아가는 사람들이 많습니다.

하지만 기억하세요.

내가 타인에게 쳐놓았던 거미줄이 나에게도 쳐진다는 것을.

살다 보면 나도 모르게 타인의 그늘진 삶을
마치 재미난 양 난도질합니다.
하지만 자신에 대한 부정적인 이야기도
그날 그렇게 탄생된다는 것을 알아야 합니다.
아마 내가 난도질한 것의
두 배가 되어 다시 돌아올 겁니다.

94 상대방의 잘못을 용서하고 화해하세요

종이컵은 일회용입니다.

사람은 일회용 종이컵이 될 수 없습니다.

하지만 상대방의 실수를 용서하지 못하면

그 사람은 일회용 종이컵이 되고 맙니다.

삶에도 명수가 있습니다.

적을 만들지 않고 살아가는 사람입니다.

적을 만들지 않는다는 것은

상대방이 자신에게 한 잘못을

너그럽게 용서하고 이해해줬다는 말이지요.

상대방에게 먼저 화해의 손을 내밀어보세요.

손을 잡는 순간

당신은 삶의 명수가 될 것입니다.

상대의 잘못을 용서하고
손잡는 화해의 마음을 가지세요.
당신의 삶이 편안해질 것입니다.

95 나의 마음을 표현하세요

누군가가 자신을

원망하고 있다고 느낀 적이 있나요.

이유도 모르는 원망을 받아 괴로워하고 있나요.

사람들은 왜 서로를 원망하며 살아갈까요.

그 이유는 바로 자신의 허물은 보지 못하고

상대방의 허물만 보기 때문입니다.

원망을 해결하기 위해서는

서로의 마음을 알아야 합니다.

지금 바로 수화기를 들고

그 사람에게 전화를 걸어보세요.

그리고 감춰뒀던 속마음을 표현하세요.

마음의 표현은 원만한 관계를 유지하기 위한

지름길이니까요.

서로의 마음을 알 수 있는 방법은 무엇일까요.

바로 '표현'입니다.

나의 마음을 상대방에게 표현해보세요.

그럴 수밖에 없었던

나의 사정을 이해해줄 것입니다.

가치의 기준을 존중하기

자식을 많이 낳은 어머니에게 어느 기자가 묻습니다.

"많은 자식을 키우기에 힘들지 않으셨나요?"

"한 번도 힘들지 않았습니다.

나에게 아이들은

이 세상에서 가장 가치 있는 소중한 존재거든요."

상대방과 나를 비교하며

내 자신의 가치를 깎아내리는 것은

세상에서 가장 바보 같은 짓입니다.

내 가치의 기준은 내가 만드는 것입니다.

가만히 앉아 나에게 최고로 가치 있는 일은

무엇인지를 곰곰이 생각해보세요.

그 가치로 인해 미소가 지어지나요.

그렇다면 당신은

스스로 정한 가치의 기준에 이미 도달한 것입니다.

97 열린 마음을 가지세요

인간에게는 닫힌 마음과 열린 마음이 있습니다.

닫힌 마음의 소유자는 옛 추억을 되씹으면서 살고 있지만

열린 마음의 소유자는 앞날을 바라보면서 희망 속에 살아갑니다.

닫힌 마음의 소유자는

스스로를 단절된 고립 속에 몰아넣기 때문에

항상 교만과 열등감에 사로잡혀 있습니다.

열린 마음의 소유자는

상대방의 어려움을 바로 자신의 고통으로 생각하고,

이웃을 자신의 몸같이 생각하며 아껴줍니다.

당신의 마음은 열린 마음입니까, 닫힌 마음입니까.

푸른 물처럼 맑고 청명한 하늘처럼

높고 넓은 열린 마음을 가지도록 노력하세요.

청명하지 못해 마냥 찌푸려 있는 닫힌 마음은

삶을 허무하게 만들 테니까요.

현명한 삶을 살고 싶다면

열린 마음을 가지고 생활해보세요.

열린 마음을 갖는 것은 어렵지 않습니다.

부정적인 상황을 단정적으로 생각하는 마음을 버리고

그 상황을 이겨낼 수 있는

여러 가지 방법을 생각하며 살아가는 것입니다.

고통을 피하지 마세요

아무도 '고통'이라는 손님을 피할 수 없습니다.

모든 사람은 한평생

고통을 짊어지고 산다고 합니다.

"먹을 빵 조각만 있으면 어떤 고통도 견딜 수 있다."

소설가 세르반테스의 《돈키호테》에 나온 구절입니다.

살아오며 한 번쯤 경험했던 고통을

또 경험했을 때

작은 도움만 있다면

가볍게 이겨나갈 수 있다는 뜻이 아닐까요.

아이들이 이갈이를 하는 것이 당연한 일이듯

고통 속에서 힘들어하는 것도

어쩌면 너무나 당연한 인생의 순리가 아닐까요

이갈이를 하면 더 튼튼한 새 이가 나듯

지금의 고통을 견뎌내면

더 큰 고통을 이길 수 있는 단단한 힘이 생길 것입니다.

홀로 떠나기

혼자가 좋은 이유

• 시간을 단축할 수 있다.

• 혼자만의 여유를 즐길 수 있다.

• 나만의 취미를 발견할 수 있다.

* 가장 좋은 이유! 다른 사람의 눈치를 볼 필요가 없다.

혼자 어디론가 떠나봅시다.

해외도 좋고 가까운 산이나 바다도 좋습니다.

그리고 혼자만의 고독을 즐겨봅시다.

그동안 알지 못했던

진실한 나의 마음과 모습을 발견하게 될 것입니다.

'혼자'를
외로움이라 말하는 사람이 많습니다.
하지만 사람은 혼자일 때 가장 자유롭습니다.
내 자신을 솔직하게 대면하게 되고
진정한 자신의 모습을 찾을 수 있는 시간이니까요.

아름다운 시선으로 바라보기

세상에는 다양한 직업이 존재합니다.

언제부터인가 사람들은 자신의 직업에 의존하여

무엇인가를 생각하고 바라보기 시작했습니다.

생각의 문은 점점 닫히고

넓었던 시야는 점점 좁아집니다.

자신이 처한 환경은 잠시 잊고

순수한 시선으로 세상을 바라보는 것은 어떨까요.

가볍게 다가가는 만큼

세상은 아름다워 보일 것입니다.

사람은 자신이 처한 상황과 사정에 따라
사물을 바라보는 관점을 달리합니다.

하지만 자신의 상황을 잘 다스리고
세상을 열린 마음으로 바라보면
주위의 모든 것들은 아름다워 보입니다.

사물을 아름다운 시선으로
볼 줄 안다는 것은 삶의 기쁨을
스스로 만드는 일이기도 합니다.

나의 것을 나눠주기

기부 천사로 알려진 가수 김장훈 씨.
월세를 사는 넉넉지 않은 형편에도
밤무대를 뛰며 삼십 억을 모아
어려운 사람을 위해 기부한다고 합니다.
자신은 돈이 없어서 고생할 때도 있었지만
돈이 많이 생겨보니
돈이 많다고 행복한 것도 아니라고 말합니다.
김장훈 씨는 세상의 가장 값진 선물이 무엇인지 아는
위대한 사람입니다.

누군가에게 나의 것을
진실된 마음으로 나누어주는 것이
세상에서 가장 값진 선물입니다.

살아 있는 동안 꼭 해야 할 101가지

초판 1쇄 펴낸 날 2012년 5월 3일
　　5쇄 펴낸 날 2018년 5월 30일

지 은 이　　최창일
펴 낸 이　　장영재

펴 낸 곳　　도서출판 산호와진주
전　화　　02)3141-4421
팩　스　　02)3141-4428
등　록　　2003년 4월 4일 (2003-17호)
주　소　　서울시 마포구 성미산로32길 12, 2층 (우 03983)
E-mail　　sanhonjinju@naver.com
카　페　　cafe.naver.com/mirbookcompany

ISBN　　978-89-97213-32-0 (03810)